Analyse de l'œuvre

Par Dylan Alling

Auprès de moi toujours

Kazuo Ishiguro

lePetitLittéraire.fr

Analyse de l'œuvre

Par Dylan Alling

Auprès de moi toujours

Kazuo Ishiguro

lePetitLittéraire.fr

Rendez-vous sur lepetitlitteraire.fr et découvrez :

Plus de 1200 analyses
Claires et synthétiques
Téléchargeables en 30 secondes
À imprimer chez soi

KAZUO ISHIGURO

ROMANCIER BRITANNIQUE CONTEMPORAIN

- **Né à Nagasaki, au Japon, en 1954.**
- **Travaux notables :**
  - *A Pale View of Hills* (1982), roman
  - *Les vestiges du jour* (1989), roman
  - *Le Géant enterré* (2015), roman fantastique

Kazuo Ishiguro est un romancier britannique né à Nagasaki, au Japon, le 8 novembre 1954. Il a déménagé en Grande-Bretagne avec sa famille à un jeune âge et a fait ses études dans le Surrey, puis dans les universités de Kent et d'East Anglia. La plupart des romans d'Ishiguro placent le lecteur dans le siège passager du long voyage d'un protagoniste. La plupart de ses œuvres utilisent la narration à la première personne, qui est utilisée pour plonger dans les souvenirs personnels d'un personnage. Ishiguro crée un portrait mental de son protagoniste ainsi qu'un portrait social de la société contemporaine qui entoure et anime cette histoire. Ce cadre social particulier peut être basé sur la fantaisie (comme dans *The Buried Giant*), il peut être futuriste (*Auprès de moi toujours*), ou il peut être un cadre historique d'avant-guerre ou d'après-guerre, comme dans *The Remains of the Day*. Ishiguro assume son héritage japonais et la perspective alternative que son éducation japonaise lui a apportée, comme en témoigne son choix de situer son roman de 1986, *An Artist of the Floating World,* dans le Japon de l'après-guerre. L'œuvre d'Ishiguro traite du souvenir et de la nostalgie, de l'acceptation du passé et de l'échec humain, ainsi que de l'examen des systèmes de valeurs fondamentaux de certaines sociétés. Ishiguro est un auteur acclamé par la critique : il a remporté le Man Booker Prize en 1989 et a reçu le prix Nobel de littérature en 2017.

AUPRÈS DE MOI TOUJOURS

AMOUR ET PERTE
DANS UNE ANGLETERRE DYSTOPIQUE

- **Genre :** Roman dystopique de science-fiction
- **Édition de référence :** Ishiguro, K. (2006) *Never Let Me Go*. Croydon : Faber and Faber.
- **1ère édition :** 2005
- **Thèmes :** humanité, amour, passage à l'âge adulte, mortalité, éthique, amitié.

Auprès de moi toujours est le sixième roman de Kazuo Ishiguro. Il a été publié en 2005 et, en plus d'avoir été désigné par le magazine *Time* comme le meilleur roman de l'année, il a été présélectionné pour le prix Man Booker, le prix Arthur C. Clarke et le prix du National Book Critics Circle.

L'histoire se déroule dans les années 1990 dans l'Angleterre d'un monde parallèle, où la création et l'élevage d'humains clonés pour servir de donneurs d'organes est une procédure médicale largement utilisée et acceptée. L'histoire suit la vie d'une donneuse d'organes nommée Kathy, que nous voyons passer par les différentes institutions du programme de dons. Nous la suivons alors qu'elle grandit et fait l'expérience de diverses facettes de la vie, comme l'évolution des amitiés, le sexe, la découverte de la musique et de l'art, et l'amour. Sa confrontation finale avec la dure vérité de la société scientifique dans laquelle elle vit nous laisse avec des questions éthiques sur la nature de l'être humain.

RÉSUMÉ

PREMIÈRE PARTIE – HAILSHAM

Notre roman se déroule dans une version parallèle de l'Angleterre de la fin des années 1990. Notre narratrice et protagoniste, Kathy H, est une femme de 31 ans qui vit dans un monde où certains êtres humains sont clonés dans le but de faire don de leurs organes. Kathy est l'un de ces donneurs. Cependant, au début de l'histoire, elle n'est pas encore un donneur mais une « soignante », c'est-à-dire qu'elle est une sorte de gardienne des donneurs, qui les conduit dans divers établissements médicaux et s'occupe d'eux après leurs opérations. Après un certain nombre d'opérations, les donneurs meurent, ou « achèvent », comme on dit.

Kathy se plonge dans son passé, et elle commence par raconter des souvenirs détaillés de son éducation dans une institution appelée Hailsham, située dans une partie non nommée de la campagne anglaise. Au début, Hailsham semble être une institution normale : Kathy et ses amies bavardent, font du sport, ont des cours et font de l'art. Cependant, au fur et à mesure que la description de Kathy progresse, nous découvrons que Hailsham abrite des règles et des coutumes curieuses. L'une de ces coutumes est ce qu'on appelle les « échanges » qui s'y déroulent. Les « échanges » sont une sorte d'exposition commerciale au cours de laquelle les élèves présentent des œuvres d'art qu'ils ont créées et peuvent ensuite « acheter » des œuvres d'art produites par leurs camarades de classe. Grâce à ces

« échanges », l'accent mis sur la production artistique pèse lourdement sur les élèves de Hailsham. C'est pourquoi, lorsqu'une des enseignantes – ou « tutrices » – de Kathy, Miss Lucy, dit à son ami Tommy qu'il n'est pas important qu'il soit suffisamment créatif pour produire des œuvres d'art pour ces expositions, Tommy et Kathy sont tous deux déconcertés.

C'est le premier d'une série d'événements étranges qui marquent le souvenir que Kathy garde de son séjour à Hailsham. L'incident curieux suivant tourne autour d'un mystérieux personnage connu à ce stade sous le seul nom de « Madame ». Madame est l'un des directeurs de l'institution, mais elle ne vient que deux fois par an, dans le seul but de sélectionner les plus belles pièces d'art exposées dans les échanges et de les placer dans sa « galerie ». Outre la rareté de ses visites, Madame est une figure mystérieuse car, contrairement aux autres gardiens qui interagissent et s'engagent avec les élèves, elle les craint extérieurement.

Contrairement aux échanges, où les élèves ne peuvent repartir qu'avec des objets créés par leurs camarades, Hailsham organise également des « ventes », où les élèves ont la possibilité d'acheter des objets provenant du monde extérieur, tels que des vêtements, des jouets et de la musique. Lors de l'un de ces événements, Kathy achète une cassette de Judy Bridgewater, dont la chanson s'intitule *Auprès de moi toujours*. Elle aime beaucoup cette chanson et l'écoute en se balançant lentement sur le rythme tout en tenant un bébé imaginaire serré contre sa poitrine. Kathy crée ce fantasme en partant du principe que ni elle ni aucun des donneurs du programme de dons ne sont autorisés à avoir des enfants. Alors que Kathy joue son fantasme, elle est repérée par Madame, qui s'immobilise dans l'embrasure de la porte pour la regarder, puis se met à sangloter.

Bien que l'idée d'avoir des enfants soit totalement impensable pour les élèves de Hailsham, ils fantasment sur des « avenirs de rêve » possibles, comme devenir des acteurs d'Hollywood. À l'une de ces occasions, Kathy raconte comment Miss Lucy a détrompé les élèves de ce rêve. Elle leur explique clairement que les élèves de Hailsham sont venus au monde dans le seul but de faire don de leurs organes vitaux. Leur avenir a été décidé. La première partie se termine par l'annonce que Mlle Lucy a été renvoyée de Hailsham et ne reviendra pas.

DEUXIÈME PARTIE – LES CHALETS

Lorsque Kathy atteint l'âge de 15 ans, elle quitte Hailsham pour une autre institution : une vieille ferme aménagée nommée les cottages. Les amis les plus proches de Kathy, Ruth et Tommy, l'accompagnent aux cottages, et c'est là que la relation entre eux trois connaît des hauts et des bas réguliers. Ruth essaie d'impressionner les étudiants plus âgés et « vétérans » des cottages en imitant leur comportement, tandis que Kathy explore sa curiosité sexuelle, recherchant les magazines pornographiques disponibles pendant son temps libre.

À ce moment-là, deux des vétérans affirment que lors d'une excursion à Norfolk, ils ont vu un « possible » pour Ruth, c'est-à-dire la personne à partir de laquelle un étudiant particulier a été cloné. Tommy, Ruth, Kathy et deux anciens combattants décident d'enquêter sur ce « possible » et entreprennent leur propre excursion à Norfolk. Ils apprécient leur voyage en flânant parmi les jouets et les cosmétiques d'un magasin Woolworths et en contemplant les paisibles tableaux d'une galerie d'art voisine. Cependant, cette joie est éclipsée par leur déception lorsqu'ils confirment que le « possible » de Ruth n'est certainement pas son modèle clone. La déception de Ruth se transforme en colère et elle s'en prend aux autres avec frustration, leur demandant pourquoi ils s'intéressent à ce « possible » alors qu'ils savent qu'ils sont clonés à partir des « déchets » de la société : prostituées, mendiants et condamnés.

De retour aux cottages, Tommy rumine une rumeur qui prétend que si deux donateurs prouvent qu'ils sont vraiment amoureux, ils peuvent reporter leurs dons jusqu'à trois ans et vivre heureux l'un en compagnie de l'autre pendant cette période. Il pense que c'est la raison d'être de la galerie de Madame : pouvoir confirmer par les œuvres d'art de deux étudiants que leurs âmes sont alignées pour l'amour. Pour pouvoir bénéficier de ce « sursis », Tommy commence à produire des dessins, ce pour quoi Ruth l'humilie. L'amitié entre Ruth, Tommy et Kathy s'effiloche à mesure qu'ils quittent les Cottages pour devenir des soignants et des donneurs.

TROISIÈME PARTIE – DONS

De nombreuses années plus tard, Kathy est une soignante qualifiée qui a réussi. Au cours de l'un de ses déplacements entre deux centres médicaux, elle croise une ancienne élève de Hailsham qui donne à Kathy l'idée de devenir l'aide-soignante de Ruth, cette dernière étant désormais une donneuse affaiblie et fragile stationnée dans un centre de récupération voisin. Kathy devient la soignante de Ruth, et elles font une excursion jusqu'à un vieux bateau de pêche qui s'est échoué sur les marais. Ce bateau se trouve à proximité du centre de convalescence où se trouve Tommy, et tous trois le visitent ensemble. Ruth s'excuse d'avoir séparé Tommy et Kathy, et dit que si la théorie du report est vraie, alors Tommy et Kathy auraient une réelle chance de la réaliser.

Ruth « complète » son don ultérieur, et Kathy devient la personne qui s'occupe de Tommy. Elles rendent visite à Madame et découvrent que Mlle Emily vit dans la même résidence. Les deux directrices expliquent lamentablement que la rumeur d'exclusion est totalement fausse et que la « galerie » faisait en fait partie d'une campagne plus large visant à prouver la barbarie du programme de dons en montrant que les donneurs de clones étaient en fait des êtres humains à part entière, avec une âme et des émotions. Nous apprenons que Madame et Mlle Emily ont participé à des débats dans tout le pays contre le programme de dons. Cependant, un revirement de l'opinion publique a entraîné la fermeture de Hailsham et a rendu leurs efforts vains.

Pendant le trajet de retour de Kathy et Tommy, ce dernier fait l'une de ses anciennes crises de colère. De retour au centre de réadaptation, Tommy décide de changer de soignant avant de se lancer dans son prochain don, après lequel il « termine ». La dernière image du roman montre Kathy debout près d'un arbre, imaginant que ses branches rassemblent toutes les choses qu'elle a perdues dans sa vie.

ÉTUDE DE CARACTÈRE

KATHY

Kathy est la narratrice et la protagoniste de *Auprès de moi toujours*. Curieusement, les caractéristiques physiques de Kathy et de ses camarades clones sont peu ou pas mentionnées. Au lieu de cela, notre compréhension d'elle est basée sur ses actions habituelles et ses réactions émotionnelles aux événements qui se déroulent dans le roman. Kathy est curieuse, contemplative et loyale : elle reste une compagne indéfectible pour Ruth tout au long de sa vie et, bien qu'elle soit souvent irritée par le comportement de Ruth, elle choisit de lui pardonner et de souligner ses erreurs, encourageant ainsi Ruth à être authentique et fidèle à elle-même et à son passé. Aux cottages, Kathy n'est pas gênée par le désir d'impressionner les « vétérans » plus âgés afin d'acquérir un statut social plus élevé. Elle trouve sa joie dans la contemplation de l'art, les promenades solitaires et les amusements avec ses amis. Kathy est une rêveuse, qui se délecte de ses petits moments de fantaisie, mais elle est aussi, dans un certain sens, conformiste : elle suit les règles et le chemin tracés pour elle et ne s'agite pas, ni les autres, pour une quelconque rébellion ou révolte.

RUTH

Ruth est l'amie féminine la plus proche de Kathy. Au sein de leur cercle d'amis, Ruth est le leader incontesté, car elle contrôle tout et décide de ce que les autres doivent faire. Comme elle l'illustre lorsqu'elle humilie Tommy en se moquant de ses dessins quelque peu infantiles, elle peut être méchante et percutante dans ses commentaires et peut, à l'occasion, soumettre son entourage à de soudains éclairs de colère, d'irritation et de jalousie. Cependant, le lecteur se rend compte peu à peu que cet extérieur dur cache un intérieur fragile. Ruth n'est pas sûre d'elle, et sa volonté de prétendre savoir des choses qu'elle ne sait pas en réalité (par exemple lorsqu'elle se vante à Kathy de son expertise en matière d'échecs, pour que Kathy se rende compte que Ruth n'a pas la moindre idée des règles) souligne sa tendance à se laisser aller à des fantasmes. C'est Ruth qui chérit le plus fortement les idées d'avoir un « avenir de rêve » et de trouver son « possible », et après avoir échoué à le trouver à Norfolk, elle est visiblement dégonflée moralement. En fin de compte, Ruth est une personne de bonne nature et, avant de mourir, elle s'excuse en adressant ses meilleurs vœux à Kathy et à Tommy.

TOMMY

Tommy est l'autre compagnon et amant de Kathy depuis toujours. Comme le montre son insistance à retrouver et à acheter la cassette de Judy Bridgewater perdue par Kathy, il est attentionné et tendre. Comme elle, il suit les règles, mais il est aussi curieux et enclin à rêver. Tommy cultive la théorie du « report », ce qui montre sa croyance dans le grand amour et son aspiration à un avenir meilleur. L'un des traits caractéristiques de Tommy est sa tendance à avoir des crises de tempérament. Aussi bien dans ses jeunes années à Hailsham qu'à l'âge adulte, il fait des crises de colère qui sont déclenchées par des émotions intenses, qu'il s'agisse d'humiliation (comme lorsqu'il est exclu de la sélection de l'équipe de football) ou de déception (après avoir découvert qu'il n'y a aucune possibilité de report).

MLLE EMILY

Mlle Emily est la gardienne principale de Hailsham. Contrairement aux élèves, Mlle Emily et les autres gardiens font l'objet de descriptions physiques. Mlle Emily est une femme âgée, aux cheveux argentés, au dos droit et à la voix douce mais directe. Elle inspire la peur aux élèves mais suscite également le respect et favorise un sentiment général de sécurité dans l'établissement. Ses actions sont justes et son esprit est vif : Ruth affirme que « Mlle Emily avait un intellect avec lequel on pouvait couper des bûches » (p. 43). L'épisode le plus révélateur du roman concernant Mlle Emily est celui où Kathy et Tommy lui rendent visite pour discuter de la théorie du « report » et où elle révèle le véritable objectif de son travail à Hailsham : créer une vie aussi positive que possible pour les donneurs et faire campagne contre la cruauté du programme de dons. Son personnage est ici lavé de tout soupçon qui pourrait suggérer qu'elle est malveillante. Elle est honnête, et son combat pour prouver l'humanité de Kathy et de ceux qui lui ressemblent démontre sa nature empathique et compatissante.

MADAME

Pendant la majeure partie du roman, le personnage de Madame est entouré de mystère. On ne sait pas si elle est française ou belge, elle est grande et mince, elle a les cheveux courts et on la voit toujours vêtue d'un tailleur gris. L'une de ses caractéristiques distinctives est qu'elle ne s'engage jamais avec les étudiants de Hailsham. Kathy et les autres élèves en ont conclu que Madame avait tout simplement peur d'eux, ce qu'ils ont confirmé en la surprenant dans le couloir et en découvrant une expression de peur et de dégoût sur son visage. Comme pour Mlle Emily, c'est lorsque Kathy et Tommy vont lui rendre visite que nous en apprenons le plus sur Madame. Elle est une militante et révèle que le but de sa « Galerie » était d'exposer des œuvres d'art réalisées par les donateurs pour prouver leur humanité intérieure. Elle est émotionnellement perturbée, et la peur que les élèves ont pu lire sur son visage était due à son désespoir empathique face à leur situation. Son cœur brisé apparaît lorsqu'elle pleure à la vue de Kathy dansant tout en serrant un bébé invisible contre son sein, et encore à la fin lorsqu'elle ne peut offrir aucune solution à la demande de Kathy et Tommy.

MISS LUCY

Mlle Lucy est une gardienne à Hailsham. Elle a une silhouette courte, robuste et athlétique et des cheveux noirs. Miss Lucy joue un rôle important dans le développement de l'intrigue du roman, car c'est sa conversation avec Tommy – au cours de laquelle elle lui dit qu'il est normal de ne pas être créatif alors qu'elle tremble de rage – qui éveille la curiosité de Tommy et de Kathy, qui veulent en savoir plus sur Hailsham et ce qui s'y passe. Miss Lucy tente d'être honnête avec les donateurs, que ce soit en leur révélant qu'elle a déjà fumé (ce qui est interdit à Hailsham) ou en leur parlant franchement du fait que leur avenir est fixé. Cette approche ne correspond pas à la façon dont Mlle Emily et Madame veulent diriger l'institution, et Mlle Lucy est donc renvoyée de Hailsham.

HUMANITÉ

Au cœur de ce roman se trouve la question de savoir ce que signifie être humain. Ishiguro l'a écrit au début des années 2000, peu après que les scientifiques aient réussi à cloner le premier mammifère – la brebis Dolly – en 1996. *Auprès de moi toujours* soulève des questions quant aux répercussions sociales du clonage. Personne ne doute que la perspective de pouvoir fournir des dons d'organes parfaits aux victimes d'accidents et de maladies est attrayante, mais personne ne peut non plus réfuter que la création d'humains clonés dans ce seul but est inhumaine. Un être humain, qu'il s'agisse d'un être « normal » ou d'un clone, reste un être humain doté de capacités émotionnelles et sensibles. Ishiguro le montre en utilisant des motifs et des comportements spécifiques des personnages pour identifier clairement l'humanité des personnages principaux du roman :

- **Le sexe :** Comme le roman retrace le passage à l'âge adulte d'un groupe d'adolescents, il n'est pas surprenant que le sexe soit un thème prédominant. Kathy nous fait souvent part de l'attitude adoptée par elle et ses collègues à l'égard du sexe, et réfléchit souvent à ses pulsions et désirs sexuels intenses. Mais son intérêt pour le sexe dépasse la curiosité normale de l'adolescente : elle éprouve des sentiments sexuels si intenses qu'elle croit avoir été clonée à partir d'un modèle pornographique, et cherche donc son « possible » dans les magazines pornographiques laissés en libre-service dans les cottages. Le sexe est un instinct humain fondamental, et Ishiguro a sans doute lié le thème du sexe au personnage de Kathy pour souligner l'humanité qui l'habite.

- **L'émotion** : Outre l'instinct sexuel, un autre marqueur de l'humanité est la capacité à éprouver des émotions. Kathy et les autres donneurs du roman se retrouvent dans un environnement où ils doivent refouler leurs émotions parce qu'elles ne sont pas utiles à leur objectif social. Les donneurs sont créés uniquement pour donner leurs organes, il n'est donc pas utile qu'ils soient tristes de la perte de leurs collègues. Ainsi, à la fin du roman, lorsque Kathy perd à la fois son amant Tommy et sa meilleure amie Ruth, elle ne dispose d'aucun exutoire émotionnel et retourne simplement à sa voiture pour partir « là où je devais être » (p. 282). Face à ce stoïcisme émotionnel inquiétant, Ishiguro offre au lecteur un motif récurrent qui compense la résignation de Kathy : les crises de colère de Tommy. Tant l'ouverture que la fermeture du roman sont accompagnées d'épisodes où Tommy a des accès de colère. Cette unité structurelle et la richesse des détails avec lesquels les crises de Tommy sont décrites servent à mettre en valeur ce motif, et suggèrent peut-être une humanité perçante dans ces explosions d'émotions incontrôlées.

- **La recherche des origines : Une** autre préoccupation typiquement humaine, partagée par Kathy et les autres clones, est la recherche de ses origines. Dans la construction de leur sentiment d'identité, les humains se sentent obligés de savoir d'où ils viennent. Dans le roman d'Ishiguro, la recherche typique pour découvrir qui sont ses ancêtres est remplacée par la mission des donneurs de trouver leur modèle clone. L'impossibilité d'identifier son lieu d'origine provoque un sentiment de désarroi et, de fait, la théorie du « possible » qui circule parmi les étudiants de Hailsham est source d'angoisse, comme le montrent la recherche compulsive de Kathy pour son modèle clone dans les magazines pornographiques et l'abattement de Ruth qui ne trouve pas son modèle dans le Norfolk.

MATÉRIALISME

Les objets matériels occupent une place très importante dans le roman. Dès les souvenirs de Kathy à Hailsham, dans les ventes, il y a une fascination évidente pour les objets physiques. La musique de la cassette de Judy Bridgewater ouvre à Kathy une fenêtre pour rêver, et plus tard dans le roman, sa redécouverte de la cassette cimente sa relation avec Tommy et est tout simplement un moment de joie pour elle. Lorsque Kathy perd la cassette et que Ruth essaie de lui remonter le moral en lui achetant une autre cassette, *Twenty Classic Dance Tunes*, Kathy la chérit comme un souvenir sincère d'elle. Elle ne l'écoute pas, car il s'agit d'une possession purement symbolique et sentimentale. Pour souligner davantage l'importance des objets, il suffit de regarder au-delà de la « galerie ». Cette collection d'œuvres d'art d'étudiants symbolise bien plus qu'une amitié chaleureuse : c'est un assortiment d'objets qui servent à prouver que les étudiants ont une *âme* ; en d'autres termes, c'est un symbole d'humanité. On peut se demander pourquoi Ishiguro a choisi d'imprégner les objets physiques d'une telle signification, et pour répondre à cette question, nous pourrions revenir à la notion de perte. La vie qui a été tracée pour Kathy et les autres donneurs est une vie de perte : ils sont déconnectés de leurs origines, ils sont séparés les uns des autres d'une manière si stricte que même l'amour ne peut interrompre cette séparation, et ils perdent même le seul endroit qu'ils auraient pu appeler leur foyer, Hailsham. Face à ce sentiment de perte, les objets physiques deviennent un moyen de *s'accrocher*. Le désir de Kathy de s'accrocher à son passé est bien illustré par la dernière scène du roman, dans laquelle elle contemple un arbre en plein champ, imaginant que les branches de l'arbre capturent toutes les choses qu'elle a perdues.

SOUVENIRS ET STYLE

Auprès de moi toujours est un voyage à travers les souvenirs d'une personne. Certains fragments du roman, comme l'ouverture du chapitre 4, lorsque Kathy déclare : « J'ai eu cette envie de classer tous ces vieux souvenirs » (p. 37), nous le rappellent. Le récit a été construit mentalement par une seule personne et est donc sujet à des imperfections et à un certain désordre. Le roman fait souvent des sauts dans le temps en l'espace de quelques lignes. Le registre est informel et le style familier, comme le montre l'utilisation constante de contractions par Kathy (« pour l'essentiel, être soignante me convient parfaitement » p. 203). Ces éléments se combinent pour créer un sentiment d'individualité et de personnalité. Un roman qui traite de l'humanité et du caractère humain serait beaucoup moins efficace s'il était écrit avec une certaine distance par rapport aux pensées et préoccupations personnelles d'un esprit humain avec lequel nous pouvons avoir de l'empathie.

POURSUITE DE LA RÉFLEXION

QUELQUES QUESTIONS À MÉDITER...

- Quel effet a le fait de situer le roman dans l'Angleterre de la fin des années 1900? Étant donné que *Auprès de moi toujours* fait appel à la science-fiction, pourquoi le roman serait-il plus ou moins efficace s'il était situé dans un lieu et une époque totalement fictive?
- Un titre est un élément textuel important d'une œuvre. Réfléchissez aux raisons pour lesquelles Ishiguro a pu choisir le titre *Auprès de moi toujours*, qui est le nom de la chanson de Judy Bridgewater que Kathy apprécie.
- Discutez du fait que Kathy et les autres clones ne reçoivent pas de description physique, alors que les autres personnages, comme les gardiens, en reçoivent une. Qu'est-ce que cela peut suggérer sur les divisions entre les différents groupes de personnages dans le roman?
- Vers la fin de l'histoire, Kathy Tommy et Ruth font une excursion pour visiter un vieux bateau qui a été laissé sans surveillance au milieu des marais. De quoi cette image pourrait-elle être le symbole?
- Au cours de la deuxième partie du roman, qui se déroule principalement dans les Cottages, Kathy remarque que de nombreux vétérans imitent certains comportements empruntés aux acteurs de la télévision hollywoodienne. Commentez les références à la culture pop et son rôle dans *Auprès de moi toujours*.

- Lorsque Kathy dit à Mlle Emily que Madame avait toujours peur d'elle et des autres élèves à Hailsham, Mlle Emily répond : « Nous avons *tous* peur de vous. Moi-même, j'ai dû lutter contre ma peur de vous presque tous les jours où j'étais à Hailsham » (p. 264). Il s'agit d'un commentaire chargé d'émotion et qui donne à réfléchir. Que pensez-vous que Mlle Emily veuille dire par là ?

- Compte tenu de la structure du roman, semble-t-il progresser de façon naturelle ? Avez-vous eu l'impression que le roman mène à sa fin de manière prévisible ?

- Réfléchissez au dilemme pratique qu'Ishiguro a créé : si un membre de votre famille se trouvait dans une situation de danger de mort et avait besoin d'un don d'organe, accepteriez-vous que l'organe donné provienne d'un clone, créé spécifiquement dans ce but et auquel vous ne seriez jamais confronté, que ce soit avant ou après le don ?

AUTRES LECTURES

ÉDITION DE RÉFÉRENCE

- Ishiguro, K. (2006) *Never Let Me Go.* Croydon: Faber and Faber.

SOURCES SUPPLÉMENTAIRES

- Wong, C. F. (2005) *Kazuo Ishiguro (Series: Writers and their Work).* Liverpool: Liverpool University Press.

ADAPTATIONS

- *Never Let Me Go.* (2010) [Film]. Mark Romanek. Dir. Royaume-Uni: DNA Films, Channel Four Films, Fox Searchlight Pictures.

Votre avis nous intéresse !
Laissez un commentaire sur le site de votre librairie en ligne
et partagez vos coups de cœur sur les réseaux sociaux !

lePetitLittéraire.fr

- des analyses de livres
- des fiches de lectures
- des commentaires littéraires
- des questionnaires de lecture
- des résumés

**Retrouvez
notre offre complète sur
lePetitLittéraire.fr**

ISBN version numérique : 9782808684576
ISBN version papier : 9782808685375
Dépôt légal : D/2023/12603/1037

Conception numérique : Primento,
le partenaire numérique des éditeurs.